Pour Raphaël

Loi numéro 49 956 du 16 juillet 1949 sur les publications
destinées à la jeunesse : mars 2006
Dépôt légal : mars 2006
Imprimé en France par Aubin Imprimeurs à Poitiers

ALAN METS

Superbouquin

l'école des loisirs
11, rue de Sèvres, Paris 6e

Trois petits cochons en balade
trouvent un coin vraiment superchouette.

César et Alexandre jouent au football.
Jules lit.
César et Alexandre font du vélo.
Jules lit…
« Viens faire un tour de manège, petit frère… » dit Alexandre.
« Hé champion ! Viens prendre le guidon… » dit César.

Mais Jules lit.
Il lit les aventures de Supercochon.

« Fichez-moi la paix ! » grogne Jules. « Ah ! si j'étais fort comme Supercochon... » se dit-il, « je les écraserais comme deux insectes, deux cafards, hum, deux sales cancrelats... »

« Mais… Nom d'une côtelette ! » s'écrie Jules soudain,
« UN LOUP ! »
« Pas terrible, ton livre », ricane Alexandre,
« vraiment pas original, le coup du grand méchant loup. »

« Tiens, c'est exactement
comme dans mon livre », remarque Jules,
« Supercochon discute avec deux jolies filles,
tout d'un coup le Méchant arrive sur la pointe des pieds.
Supercochon crie : "Sauvez-vous !", mais elles ne le croient pas.
Le Méchant s'approche, il va les réduire en purée ! »

« Heureusement, dans l'histoire,
Supercochon prend les filles sous le bras et s'enfuit à la vitesse de la lumière ! Mais bon, vous n'êtes pas des filles. Alors au revoir ! » dit Jules en tirant la langue à ses deux frères.
« Attends-nous ! » hurlent-ils.

Ses deux frères courent vite…
Mais le loup aussi…
« Je crois qu'on est cuits… » gémit César.
« Mais non, j'ai le parachute de Supercochon ! » dit Jules.

« C'est qu'un vieux parapluie … » soupire Alexandre.
« Écoute ! » dit Jules. « Dans l'histoire, Supercochon prend son petit déjeuner en regardant les oiseaux, il habite au cent cinquantième étage …
Le Méchant arrive, vous savez celui qui ressemble à un vieux cafard, et il jette Supercochon et tout le contenu de la cuisine par la fenêtre …

… et Supercochon se sert d'une nappe à carreaux
comme parachute… Bon, on essaye ?
Parce que le loup arrive… »

« Jules, tu nous racontes la suite de Supercochon ? »
demande César.
« Oui, s'il te plaît ! » dit Alexandre.
« Si vous êtes sages… pour l'instant accrochez-vous ! »
dit Jules en rigolant.

Mais crac ! le parapluie donne des signes de faiblesse.
« Heu… » dit Jules, « il faut que je vous avoue quelque chose… À la fin, Supercochon se casse la figure. »
« Nous… on va se faire dévorer ! » hurle Alexandre.

« Silence ! Laissez-moi lire la suite ! » dit Jules.
« Voilà : Supercochon se balade avec ses deux chiens…
Au coin d'une rue, il tombe nez à nez avec le Méchant.
L'horrible cafard vient de cambrioler la plus grosse banque du monde ! »

« Le Méchant avale un des chiens avec la laisse !
Supercochon est très en colère, il lance son superpoing extractible
à propulsion nucléaire ! »
« Mais nous, on n'en a pas ! » pleurniche Alexandre.

« Non, mais on a… ça ! »
crie Jules en lançant son livre à la figure du loup.

Ça marche très bien aussi.

« Eh Jules, tu n'aurais pas
une autre histoire de Supercochon ? »
« Finalement c'est un Superbouquin… »